Albertine les extra-merrestres

Léon de Hurlevent
Philippe Bucamp

Père Castor
Flammarion

1. La maison d'Albertine

Au fond de la mer,
parmi les algues vertes, vivait
une famille de langoustines,
les Ducorail. Ils avaient quitté,
depuis plusieurs années déjà,
leur trou de rocher pour emménager
dans un spacieux réfrigérateur-
congélateur trois étoiles,
qu'ils avaient trouvé un matin
devant chez eux.

Les parents habitaient
la partie congélateur,
le compartiment à beurre
servait de nurserie, et les enfants
les plus grands occupaient
le bac à légumes.

Albertine, la dernière-née
de la famille Ducorail, était
une enfant curieuse et intelligente.
Elle fatiguait son entourage
par ses questions incessantes,
par son désir de tout expliquer.

– Dis, papa, pourquoi on mange ?

– Pour se nourrir, ma fille.

– Dis, papa, pourquoi on doit
se nourrir ?

– Pour grandir, pour devenir
une belle langoustine !

– Ah, oui, mais alors, pourquoi
tu manges encore, t'es déjà grand toi !

– Albertine, tu m'énerves
avec tes questions, finis
ton plancton et file à l'école !

À ce moment-là,
madame Ducorail, avisant
sa fille, demanda :
— As-tu fait ta toilette,
tu me sembles bien propre ?
— Oui, bien sûr, maman.
— Albertine, ce n'est pas bien
de mentir, va vite te vaser la figure !

Albertine détestait se salir,
elle trouvait que c'était une perte
de temps. À contrecœur,
sous l'œil vigilant de sa mère,
elle se plongea la tête dans la vase
comme on doit le faire
tous les matins chez les Ducorail.

2. L'école des langoustines

Albertine gambada
gaiement vers l'école.
Là, d'une antenne attentive,
elle suivait le cours donné
par une vieille pieuvre savante,
madame Parneuf.
Ce matin-là, elle apprit
que l'univers se partage
en deux parties : le sol
pour ramper, l'eau pour nager.

La pieuvre Parneuf adorait
Albertine. Mais, parfois,
son esprit si vif l'agaçait un peu
quand elle posait des questions
qui ne faisaient pas partie
du programme.

–Madame, madame, demanda
Albertine assise sur sa queue
en levant les dix pattes à la fois,
si on nage très longtemps
vers le haut, est-ce qu'à un moment
il n'y aura plus d'eau ?

–Albertine, je l'ai dit,
le monde de l'eau est infini,
cela veut dire qu'il n'a pas
de limites.

– Ah, bon. Alors les bulles
qui montent ne s'arrêtent jamais
de monter, donc, au-dessus
de nous, il doit y avoir
un monde de bulles, c'est logique !

La maîtresse s'impatienta :

– Albertine Ducorail,
pour la dernière fois,
là-haut il n'y a rien,
là-haut il n'y a personne !

– Ah, bon, mais alors… pourtant,
de temps en temps, il tombe
des choses de là-haut. Prenez
notre appartement, par exemple,
il est bien venu de là-haut !

– Ça, ma petite Albertine,
c'est un Mystère, et un Mystère,
par définition, ça ne s'explique
pas, et devant les Mystères
on se tait !

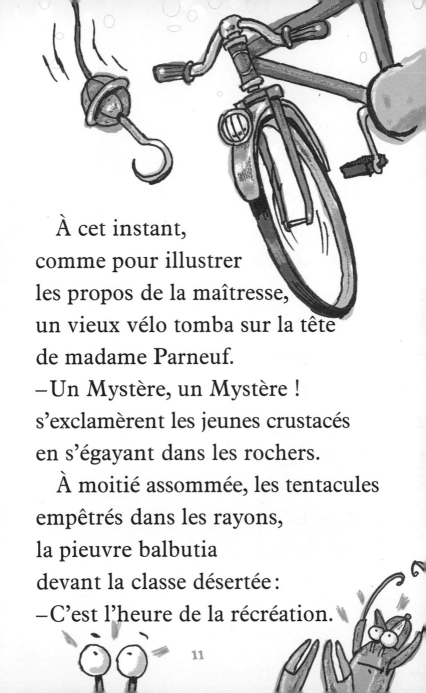

À cet instant,
comme pour illustrer
les propos de la maîtresse,
un vieux vélo tomba sur la tête
de madame Parneuf.
– Un Mystère, un Mystère !
s'exclamèrent les jeunes crustacés
en s'égayant dans les rochers.

À moitié assommée, les tentacules
empêtrés dans les rayons,
la pieuvre balbutia
devant la classe désertée :
– C'est l'heure de la récréation.

L'arrivée de cette ferraille
confortait Albertine
dans ses théories. Pendant
que ses copains et copines,
insouciants, jouaient au foot
en tapant dans un bigorneau,
notre héroïne, deux pinces
dans le dos, arpentait le fond
marin en examinant les divers
objets qui le jonchaient.

Perchée sur un sèche-cheveux,
elle réfléchissait encore plus fort
que jamais :
« Je suis sûre que là-haut
il y a un autre monde, peuplé
d'extra-merrestres dont les pouvoirs
sont supérieurs à ceux des pieuvres
et des langoustines...
un monde fabuleux où rien n'est
comme chez nous... »

Un peu plus loin, elle buta
dans une boîte en fer blanc
au couvercle enroulé.
Qu'était-ce ? Non, ça ne ressemblait
à aucune coquille des animaux
qu'elle connaissait. C'était encore
un de ces trucs tombés de là-haut.

Albertine frotta la chose,
l'examina de plus près :
on y voyait le dessin
d'un poisson. Albertine
le reconnut et s'exclama :
– Une sardine ! Et en plus,
ils savent que sous l'eau il y a
des poissons !

Alors, la langoustine souhaita :
—Ah, si je pouvais visiter
le monde d'en haut !

3. L'enlèvement

Alors qu'avec ses copines
elle jouait à crabe perché,
Albertine grimpa sur un casier
en osier pour ne pas être prise.
À peine installée sur l'engin,
celui-ci commença de monter.
Albertine vit le sol s'éloigner
et rapetisser. Ses amis la hélaient :
– Reviens, Albertine ! Descends,
Albertine ! Saute, Albertine !

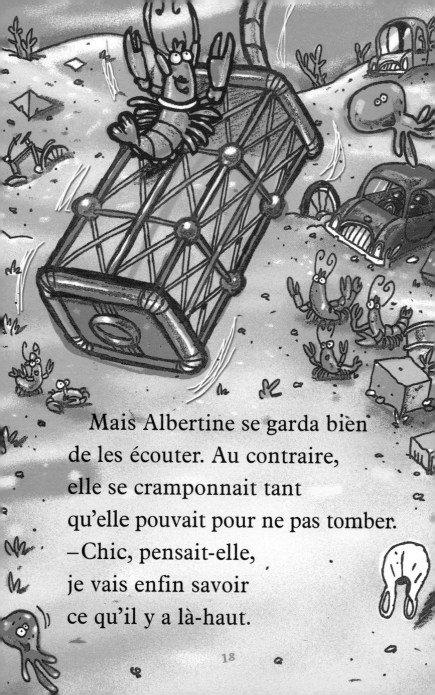

Mais Albertine se garda bien
de les écouter. Au contraire,
elle se cramponnait tant
qu'elle pouvait pour ne pas tomber.
–Chic, pensait-elle,
je vais enfin savoir
ce qu'il y a là-haut.

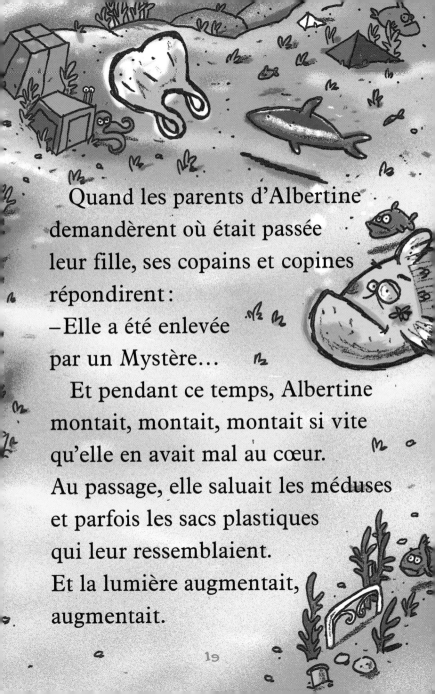

Quand les parents d'Albertine
demandèrent où était passée
leur fille, ses copains et copines
répondirent :
– Elle a été enlevée
par un Mystère…

Et pendant ce temps, Albertine
montait, montait, montait si vite
qu'elle en avait mal au cœur.
Au passage, elle saluait les méduses
et parfois les sacs plastiques
qui leur ressemblaient.
Et la lumière augmentait,
augmentait.

Notre héroïne, en crevant
la surface, fut éblouie
par une lumière inimaginable.
Quelle émotion, enfin l'autre monde
lui était révélé ! Elle avait raison :
il n'y avait plus d'eau !
Et les extra-merrestres existaient !
En ciré jaune, ils s'affairaient
autour d'elle.
L'un d'eux se mit à gronder :
– Regardez les gars,
une jeune langoustine
sur mon casier à homards.

Et il la lança dans une caisse.

Albertine agita ses antennes
pour communiquer avec ces êtres
surnaturels :
–Moi, Albertine,
jeune langoustine, viens en paix
vous transmettre un message
d'amitié de mon peuple…

Une pelletée de glace l'interrompit.
Quel dommage pour son discours !
Mais qu'importe ! Le principal était
d'être acceptée dans ce monde
supérieur.

Malgré de rudes manières,
les extra-merrestres avaient
vraiment le sens de l'accueil.
Une fois débarqués,
elle et les autres visiteurs
de la mer furent disposés
sur des gradins décorés d'algues
et de citrons. Ainsi la population
des extra-merrestres put faire
leur connaissance. Et c'est à elle
que fut remise la médaille
attachée à l'une de ses pattes :
"Promo ! Lot de fruits de mer extra !"

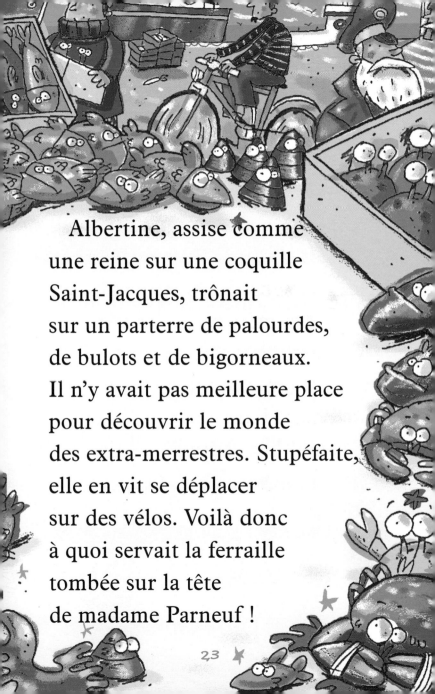

Albertine, assise comme
une reine sur une coquille
Saint-Jacques, trônait
sur un parterre de palourdes,
de bulots et de bigorneaux.
Il n'y avait pas meilleure place
pour découvrir le monde
des extra-merrestres. Stupéfaite,
elle en vit se déplacer
sur des vélos. Voilà donc
à quoi servait la ferraille
tombée sur la tête
de madame Parneuf !

De temps en temps,
un de ces êtres bien intentionnés
les arrosait d'eau fraîche.
Quel soulagement
car on ne respire pas très bien
et il fait un peu trop chaud
dans le monde d'en haut !
Un autre faisait les présentations :
– Approchez, approchez, venez
voir mon cabillaud bien frais,
des crabes de toute beauté,
pas chers, et un arrivage
exceptionnel de fruits de mer
et de crustacés ! Profitez-en !

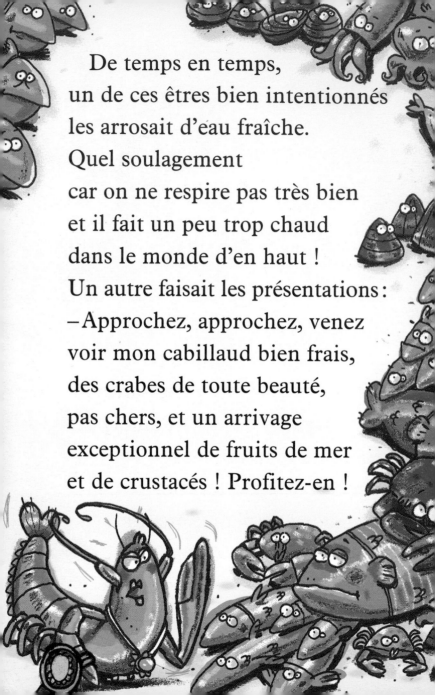

4. Chic, un copain!

Albertine était outrée
de l'attitude négative des sardines
qui, d'un œil vitreux et amorphe,
regardaient en bâillant
ce magnifique spectacle.
Elle allait s'indigner quand
un petit extra-merrestre,
accompagné de sa mère,
s'approcha d'elle.

–Oh, maman, elle est vivante ! dit
le garçon en lui tripotant
les antennes. On la prend ?
–Mais je ne sais pas préparer ça,
répondit sa mère.

   Le poissonnier intervint :
–Vous pouvez la préparer
de deux façons, ma p'tite dame :
la plonger vivante dans de l'eau
bouillante et la servir
avec une sauce mayonnaise,
ou à l'américaine : vous découpez
la bestiole, vivante bien entendu,
en morceaux que vous ferez
revenir dans l'huile ;
vous faites flamber au cognac
et cuire à feu doux.

Notre Albertine, ravie,
fut promptement glissée
avec les coquillages dans un sac
plastique. Elle était aux anges ;
à peine arrivée, elle avait trouvé
une famille d'accueil. Sûrement
que ce garçon et elle deviendraient
de grands amis.

Chemin faisant, le jeune garçon demanda à sa mère :

– Je pourrai t'aider à cuisiner la langoustine ? Comment c'est le cri de la langoustine qu'on plonge dans l'eau bouillante ?

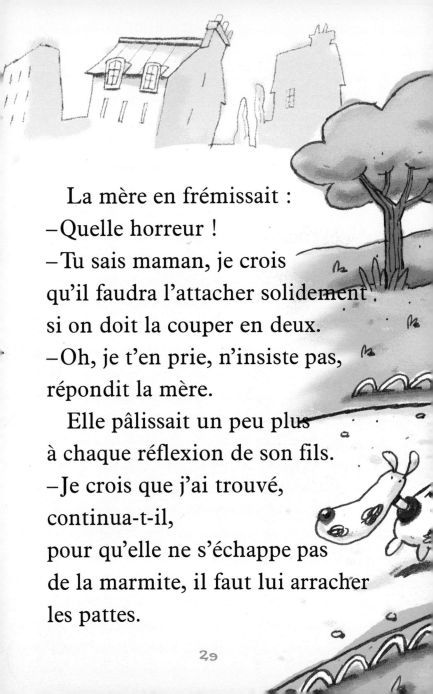

La mère en frémissait :

– Quelle horreur !

– Tu sais maman, je crois
qu'il faudra l'attacher solidement
si on doit la couper en deux.

– Oh, je t'en prie, n'insiste pas,
répondit la mère.

Elle pâlissait un peu plus
à chaque réflexion de son fils.

– Je crois que j'ai trouvé,
continua-t-il,
pour qu'elle ne s'échappe pas
de la marmite, il faut lui arracher
les pattes.

En arrivant près de leur voiture
garée sur le port, la mère dit
à son fils :
– Tiens, voilà ton argent de poche,
va t'acheter ton magazine.
Je t'attends.

À peine son fils eut-il tourné
les talons que la mère sortit
Albertine du sachet.
– Ma pauvre petite langoustine,
je ne pourrai jamais te faire cuire,
je me connais, je m'évanouirais.
Allez, je dirai que tu m'as
échappé…

Et elle jeta Albertine
dans l'eau du port.

5. Un retour triomphal

Au fond de l'eau,
Albertine était furieuse :
– Zut alors, j'ai même pas eu
le temps de jouer avec mon copain
extra-merrestre !

Elle se défroissa les antennes
et fit le tour du bassin
en cherchant à remonter.
Mais une muraille
infranchissable le bordait.
En plus, elle n'y voyait rien.
L'eau du port était si sale
qu'on pouvait y faire
sa toilette.

Elle se cogna contre
un crabe énorme qui s'exclama :
– Tiens, une langoustine,
ça fait longtemps
que je n'en ai pas vu !
– Excusez-moi, dit Albertine,
je voudrais remonter là-haut,
vous savez comment faut faire ?

Ce crabe qui était un sage
commença :

– Oui, je sais, mais je ne te le dirai pas.

– Pourquoi t'es méchant avec moi ?

– Parce que si tu remontes là-haut,
ils vont te…

À quoi bon l'effrayer, elle était
si jeune, à quoi bon lui dire
que là-haut, elle finirait mangée.
Alors il lui dit, et ce n'était pas faux :

– Tu ne pourras pas vivre longtemps,
là-haut, car tu ne sais pas bien
respirer.

–C'est quoi respirer?

–C'est boire de l'air dans de l'eau!
Comme dans une bulle!

–Ah oui, fit Albertine.

Cette raison suffisante
pour renoncer rappelait
à la langoustine que son voyage
était plutôt réussi : elle avait
vérifié que le monde d'en haut
existait. Vite, il fallait
l'annoncer aux autres !

Alors elle demanda
au vieux crabe :
– Je voudrais retourner
dans ma famille, les Ducorail,
vous connaissez ?
– Les Ducorail ? J'ai connu
un Ducorail… il y a longtemps,
du temps où je vivais à la campagne,
il habitait un grand appartement
blanc…
– À plusieurs étages ? C'est chez moi !
– Mais pourquoi veux-tu rentrer ?
Tu devrais rester ici, en ville,
comme moi. Regarde, il y a tout
ce qu'il faut : détritus, épluchures,
eaux de vaisselles, la belle vie quoi !
– Non, merci, répondit Albertine,
je préfère les champs d'algues.

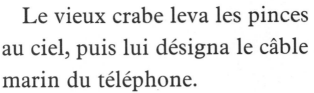

Le vieux crabe leva les pinces
au ciel, puis lui désigna le câble
marin du téléphone.

– Tu n'as qu'à prendre l'autoroute,
soupira-t-il, elle te conduira
chez toi.

Et Albertine s'en alla.

En cours de route elle dut
escalader un amoncellement
de fûts métalliques défoncés
qui barraient le passage.
Là, bien au chaud dans les résidus
nucléaires, vivait tout un monde
multicolore, un vrai carnaval !
Il y avait des huîtres roses,
des moules phosphorescentes,
des crabes jaunes à pois,
des crevettes bleu-cobalt,
des poissons clignotants.

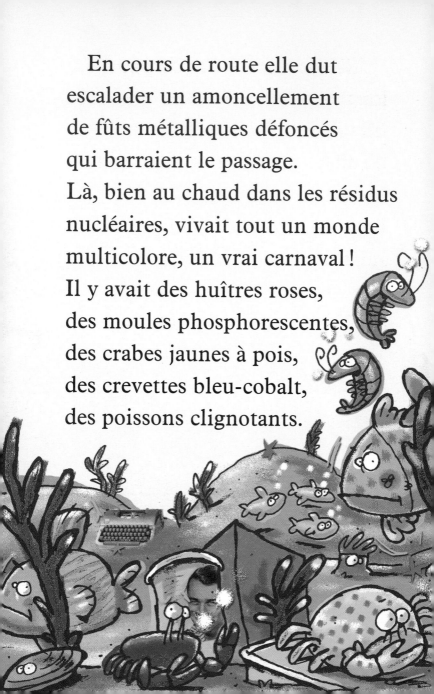

Albertine ne s'attarda pas
longtemps à admirer ce spectacle.
Elle avait hâte de retrouver
les siens, de leur faire partager
ses découvertes.
Et, après ce long cheminement
sur le dos du gros câble,
elle aperçut enfin
le réfrigérateur familial.

À son arrivée, on lui fit fête.
Elle entreprit de raconter
ce qu'elle avait vu. Assise
sur la queue, agitant les dix pattes
à la fois, elle tenta d'expliquer
sa montée, l'énorme lumière,
le bateau, l'exposition
sur les cageots, les bruits, les…
tout le monde riait :
–Cette Albertine,
quelle imagination !
Des extra-merrestres !
Mais où va-t-elle pêcher tout ça ?

6. Le machin-bidule

Albertine insistait, montrait
sa médaille, rien n'y faisait.
Alors, s'approchant du vélo,
elle expliqua à quoi ça servait.
Quel succès ! On riait plus fort
que jamais ! Il n'y avait plus
qu'une solution pour les persuader.

Pour faire plaisir à Albertine,
la maîtresse voulut bien essayer.

–Mais tu es sûre que je ne risque
rien? s'inquiétait-elle en grimpant
sur la selle.

Pendant que les élèves
maintenaient le vélo,
Albertine guidait les tentacules
de madame Parneuf :
–Mais non, maîtresse,
serrez et tenez bon,
avec ces deux autres tentacules,
tournez ces deux bidules.

La pieuvre, cramponnée
au guidon, tourna les pédales, et,
à la stupéfaction générale,
le machin-bidule avança !
Alors, au fond de la mer ce fut
un grand cri de joie :
–Super ! La maîtresse sait faire
du Mystère.

Autres titres
de la collection

Mon papa rien qu'à moi

Angéla adore son papa, le géant des bois.
Mais elle doit aussi apprendre
à le partager avec sa petite sœur.

Cocolico !

Ce matin, le coq Coquelicot a une extinction
de voix, qui l'empêche de réveiller le baron !
Il faut fuir, mais où se cacher ?

Toto le balai

Une nuit, Toto le balai sort de son placard
doré et décide de sauver son amie
Chiffonnette de la terrible sorcière Kachou.

Le petit roi d'Oméga

Un jour, les oiseaux-cerise de la planète
Oméga partent explorer d'autres univers.
Le petit roi se sent alors bien seul.

Un petit frère pour Tidino

Tidino voudrait bien un petit frère.
Un jour, maman Dino lui annonce
une bonne nouvelle…